Si-sa-yong-o-sa, Inc.
55-1, Chongno 2-ga, Chongno-gu
Seoul 110, Korea

Si-sa-yong-o-sa, Inc., New York Office
115 West 29th Street, 5th Floor
New York, NY 10001
Tel : (212) 736-5092

Si-sa-yong-o-sa, Inc., Los Angeles Office
3053 West Olympic Blvd., Suite 208
Los Angeles, California 90006
Tel : (213) 387-7105/7106

ISBN 0-87296-018-8

Printed in Korea

Admiral Yi Sun-shin

이 순 신 장군

Adapted by Gertrude K. Ferrar
Illustrated by Lee Sung-bag

Si-sa-yong-o-sa, Inc.
Seoul • New York • Los Angeles

The place was Seoul, the capital of Korea, and the year was 1553. Two boys walked along a narrow alley in Insa-dong looking glum.

Song-nyong kicked at a stone on the path, "I don't see why you have to go away."

Sun-shin looked troubled; his friend seemed to be blaming him for the separation. "My father says if we move to the country, we can grow lots of our own food. He says he can't earn enough teaching to feed all of us. Anyway, maybe you can come to see me. Baegam-ri isn't so far away."

Song-nyong looked a little hopeful; "I'll try. We could go out exploring together." In a moment the boys had forgotten their gloom as they talked about the things they could do together in the countryside: climb mountains, go fishing.

Although Sun-shin's parents had told him they were leaving Seoul because living in the country was cheaper, that was only part of the reason. Sun-shin's father dreamed that this son would one day be a great official of the court, perhaps even Prime Minister, or that he

조선의 수도 한성, 때는 1553년이었읍니다. 침울한 얼굴의 두 소년이 인사동 좁은 골목길을 걷고 있었읍니다.

성룡이 길거리의 돌을 발로 걷어차며 말했읍니다. "네가 왜 떠나야 하는지 모르겠어."

순신이 괴로운 표정을 지었읍니다. 친구가 떠나는 자기를 꾸짖는 것 같았읍니다. "우리 아버지 말씀은 우리가 시골로 이사를 가면 농사를 지어서 충분히 먹고 살 수 있다는 거야. 아이들 가르치시는 것만으로는 우리 식구가 모두 먹고 살기에 벅차대. 하지만 네가 날 만나러 올 수 있을거야. 백암리는 그렇게 먼 곳이 아니니까."

성룡의 얼굴이 조금 환해졌읍니다. "그래. 우리 둘이서 이곳저곳 돌아다니며 놀 수 있을거야." 산에 올라가느니 낚시질을 하러가느니 하며 시골에서 함께 할 수 있는 이야기를 하느라 두 소년은 금새 걱정을 잊어버렸읍니다.

순신의 부모님은 순신에게 시골에서 사는 것이 돈이 덜 들기 때문에 한성을 떠나는 것이라고 말씀하셨지만 그것은 아주 사소한 이유에 불과한 것이었읍니다. 순신의 아버지는 아들이 장래에 잘 하면 영의정, 혹 그렇지 않더라도 훌륭한 관리가 되든가, 아니

would become one of the great scholars of the age. The father believed, though, that it would be difficult for a boy to grow up to be a true Confucian scholar and gentleman if the family remained in Seoul. There was so much political pushing and pulling, so many dishonest men in King Myong-jong's court that it seemed to pollute the very air of the city.

Sun-shin's family left the crowded little house in Seoul and went to live in an adobe farm house not very far from Asan. This house had no wall around it. It stood up on a little rise with a huge tree off to one side, and looked out across a stretch of rice fields to a distant irrigation system dike.

Even though Sun-shin badly missed Song-nyong, he began to make friends among the boys who lived near his new home. He became the leader of a tiny army that played the same sort of soldier games Sun-shin and Song-nyong had played in Seoul. At the same time he studied in the best tradition of the Confucianism of his

면 당대의 위대한 학자가 될 것이라고 꿈꾸고 있었습니다. 그렇지만 순신의 아버지는 한성에서 살면 순신이 진정한 유학자요 선비로서 성장하기는 어려울 것이라고 믿었습니다. 수많은 정치적 음모, 명종 임금이 다스리는 궁궐 내부에 있는 수많은 부정직한 사람들, 이런 것들이 한성의 공기마저 더럽히고 있는 것으로 보였습니다.

순신네 식구들은 옹색하고 작은 한성집을 떠나 아산에서 그리 멀지 않은 시골의 흙벽돌로 지은 농가로 이사갔습니다. 이 집에는 담이 없었습니다. 이 집은 한쪽 옆에 커다란 나무가 서 있는 약간 높은 지대에 위치하고 있었는데, 펼쳐진 논 건너로 멀리에는 관개 수로가 한눈에 보였습니다.

순신은 친구 성룡을 몹시 보고 싶어했지만 새로 이사온 동네에서도 친구들을 사귀기 시작했습니다. 순신은 조그만 군대의 대장이 되었습니다. 그들은 순신과 성룡이 한성에서 했던 병정놀이를 했습니다. 동시에 순신은 그 시대의 가장 훌륭한 유교적 전통 속에서 공부하였으며, 중국의 역사, 한문, 붓글씨, 그 밖에 학자나 정치가가 되려면 배워야 하는 모든 것을 배웠습니다.

time, and learned the history of China, Chinese characters, brush writing and all the things a scholar or a politician had to learn.

While Sun-shin studied to become a great scholar or politician, he continued to want to become a military man. In the Confucian tradition he obeyed and respected his father, but he could not kill the dream that had grown within him. Along with his regular studies, he practiced horseback riding, shooting with a strong bow, running and wrestling. He learned to use a sword and a spear.

When he was twenty-two, Sun-shin began to study military skills full time. There was no military academy in those days, so the only way a man could learn to be a soldier was to apprentice himself to someone who was already a successful soldier. The things a military man had to learn were very different from what is studied today. A soldier had to be able to make his own bows and arrows and shoe his own horse. The apprenticeship was long and finally there was a national examination to pass.

　　순신은 훌륭한 학자나 정치가가 되기 위한 공부를 하면서도 군인이 되어야 하겠다는 욕구는 마음속에 간직한 채로 있었읍니다. 유교적 전통 속에서 순신은 아버지의 말씀을 따르고 아버지를 존경했지만 자기의 마음속에 자라온 꿈을 없앨버릴 수는 없었읍니다. 공부를 하면서 한편으로 순신은 말타기, 활쏘기, 달리기, 씨름을 연습했읍니다. 또 칼과 창을 쓰는 법도 배웠읍니다.

　　22살 되던 해에 그는 군사기술을 배우는 데에 전력을 기울이기 시작했읍니다. 그때는 사관학교가 없었기 때문에 군인이 되려는 사람은 이미 훌륭한 군인이 되어 있는 사람에게 개인적으로 배우는 수 밖에는 달리 방법이 없었읍니다. 그때 배우는 것들은 요즘의 군인들이 배우는 것과는 아주 다른 것이었읍니다. 활과 화살을 손수 만들 줄 알아야 했고 말에 편자를 박을 줄도 알아야 했읍니다. 공부하는 기간은 대단히 길었고 마지막에는 국가의 시험에 합격해야 했읍니다.

Yi Sun-shin had to wait until he was twenty-eight years old before he could take it. He knew he would pass with honor, since he had been practicing for this moment since the early years in Seoul when he and Song-nyong had played their war games in the alleys of Insa-dong. The beginning of the examination went well and then it was time for the horseback riding.

Some say the horse stumbled on a stone and others say that Sun-shin was trying difficult stunts. Perhaps it was both, but whatever the cause, he fell from his horse. This was a catastrophe. Worst of all he broke his leg in the fall. The ordinary man would certainly have given up and left the field but not the future admiral. He picked himself up from the ground, tore a branch and bark from a nearby tree, bound up the leg, climbed back on the horse, and continued in the competition.

It was a brave thing to do, but unfortunately the examination tested skills and falling off a horse was about the worst thing you could do if you were trying to pass a national military examination.

8

　이 순신은 28살이 될 때까지 시험을 기다려야 했읍니다. 그는 어린 시절 한성 인사동
에서 성룡과 함께 전쟁 놀이를 하던 이래 계속 이 순간을 위해서 기술을 닦아왔기 때
문에 시험에 우수한 성적으로 급제하리라는 자신을 가지고 있었읍니다. 시험은 순조
롭게 진행되었는데 말타기 과목 순서가 되었읍니다.

　어떤 이는 말이 돌뿌리에 걸렸다고도 하고 어떤 이는 순신이 어려운 기술을 보여 주
려 했다고도 했읍니다. 아마 이 두 가지 이야기가 모두 맞는 것 같은데, 이유야 무엇
이었든 순신은 말에서 떨어졌읍니다. 이것은 정말 큰 불운이었읍니다. 가장 곤란한 것
은 순신이 말에서 떨어지는 바람에 다리가 부러진 것입니다. 보통 사람 같았으면 이때
틀림없이 시험을 포기하고 시험장을 떠났을 것이지만 미래의 장군은 그렇지 않았읍니다.
순신은 땅에서 일어나 근처에 있는 나무의 가지를 꺾고 껍질을 벗겨 다리를 동여매고
는 말등에 다시 올라 시험을 계속 치렀읍니다.

　그것은 용감한 행동이었으나 불운하게도 시험이란 기술을 측정하는 것이며 국가에서
실시하는 무과 시험에 급제하는 데 있어서 말에서 떨어진다는 것은 치명적인 일이었던
것입니다. 모든 사람들이 순신의 힘과 결단력과 용기를 칭송했지만 그는 시험에서 떨어

Everyone admired Sun-shin for his strength, determination and bravery, but regardless, he failed the test. Even then, he didn't give up his dream. He continued to practice. It was four long years until the next test was announced. This time Sun-shin passed and finally at thirty-two he became a junior officer, which was pretty old for that rank.

In those days junior officers were usually sent to serve in remote garrisons on the northern frontier. It was a very difficult kind of service. The officers in the frontier garrisons could not look to the capital for help or reinforcements, because they were so far away.

Although after three long years of service on the frontier, he was transferred to a post in Seoul, the future admiral wasn't there long. He refused to agree to the promotion to a higher rank of the favorite candidate of Sur Ik, his superior officer. Men who wanted to get ahead didn't do things like that. They agreed with their superiors even when the superiors were dishonest or unfair. He was sent to the northern border where the dreaded Turchins invaded again. Even though they had earlier been defeated.

졌읍니다. 시험에 떨어지고도 순신은 꿈을 버리지 않았읍니다. 그는 연습을 계속했읍니다. 다음 시험이 공표되기까지는 4년이란 긴 시간이 흘러야 했읍니다. 이번에는 시험에 급제했고 32살이 되어서야 뒤늦게 초급 장교가 되었읍니다.

그 당시에는 초급 장교들은 멀리 북쪽 국경지대의 군인진지에 가서 근무하는 것이 대부분의 경우였읍니다. 그것은 매우 고된 근무였읍니다. 국경지대의 군사진지에 가있는 장교들은 너무 멀리 떨어져 있었기 때문에 한성으로부터의 도움이나 지원을 기대할 수 없었읍니다.

3년 동안의 기나긴 국경지대 근무를 마치고 한성으로 근무지가 옮겨졌으나 미래의 장군은 한성에 오래 있지 못했읍니다. 그는 직속 상관 서 익이 추천한 사람을 승진시키기를 거절했읍니다. 출세하고자 하는 사람치고 이렇게 처신하는 사람은 없었읍니다. 사람들은 자기의 상관이 부정직하고 공평치 못한 일을 하더라도 그에 맞장구를 치는 것이었읍니다. 그는 염려하던 여진족이 다시 쳐들어오는 북쪽 국경지대로 이전되었읍니다. 그들은 전에 패배를 당했음에도 불구하고 다시 쳐들어왔읍니다.

At just about this time Sun-shin's father died, and the dutiful son rushed back to Asan to begin the three years of mourning that was the custom then. At the end of the mourning period, he was again assigned to the north where he served under General Yi Il.

Sun-shin's garrison was much too small to defend its position there. He sent requests for reinforcements to Gen. Yi again and again but none ever arrived. It was a disaster! When an attack finally came, the little garrison was defeated and 160 of its people were captured. Since Yi Il didn't want to be blamed for his mistakes, he made plans for Yi Sun-shin to take the blame instead, but Yi Sun-shin defended his honor. He said that it was really Yi Il who was to blame because he had not sent reinforcements.

Yi Il wanted to have Sun-shin executed, but people at the royal court knew the true story, and they pleaded with the king not to let this happen. Finally the court decided to demote Sun-shin to an ordinary soldier serving in the lowest rank. In the face of this unbelievable unfairness, Yi Sun-shin without complaint or grumbling continued to serve his king and country faithfully.

Yi Sun-shin was too great a man not to rise soon again. After some time his country needed his talents. He was appointed commander of the Cholla Left Naval Station, which had been very poorly commanded. One of the people most responsible for this appointment was Yu Song-nyong, Sun-shin's childhood comrade in arms in the alleys of Seoul. The two boys had remained friends, and Song-nyong was now an important government official. He knew just how smart his friend was, how devoted to his country and king, and how honest and straightforward. He knew that if anyone could manage the naval base in Cholla-do well, it was Yi Sun-shin.

The Commander reasoned that if a country invaded Korea it would invade by sea, so Korea had to build up its naval strength while keeping the army strong too. Also, like Napoleon, who lived long after him and who said that an army marches on its stomach, he knew that it was important to keep his men well fed, so he supervised the growing of rice and other crops to feed his men well.

Most Koreans, including government officials and military officers, were not thinking about war in those days because things had been relatively peaceful for quite a while, but the Admiral gave very serious thought to how best to defend his country. He finally came up with a plan for a new kind of ship. The new ship would have something completely new, armor! No one had ever heard of metal armor on a ship until then.

바로 이때 순신의 아버지가 돌아가셨고 효성이 지극한 아들은 당시의 관습대로 3년 상을 치르기 위해 급히 아산으로 돌아갔읍니다. 3년상이 끝나면서 순신은 다시 북쪽 지방으로 가서 이 일 장군 밑에서 근무하게 되었읍니다.

순신의 진지는 너무 작아서 방어하기가 힘들 지경이었읍니다. 순신은 이장군에게 여러 차례에 걸쳐 지원을 요청했으나 아무런 응답도 없었읍니다. 그것은 불행이었읍니다! 급기야 오랑캐의 공격을 받아 그 작은 진지는 무너졌고 160명이 포로로 잡혔읍니다. 이 일은 자신의 잘못에 책임을 지고 싶지 않았기 때문에 이 순신에게 죄를 뒤집어 씌우려 했으나 이 순신은 자신의 과실이 아님을 주장했읍니다. 이 순신은 이 일이 증원군을 보내주지 않았기 때문에 책임을 져야 할 사람은 마땅히 이 일이라고 주장했읍니다.

이 일은 순신이 처형되기를 원했으나 조정에 있는 사람들은 진실을 알고 있었고, 그래서 그들은 임금님에게 처형을 만류하는 진언을 드렸읍니다. 결국 조정은 순신을 가장 낮은 계급의 병졸로 강등시키기로 결정을 내렸읍니다. 믿을 수 없으리만큼 불공평한 가운데서도 이 순신은 불평 불만 없이 열과 성을 다하여 임금님과 나라를 위해 일했읍니다.

이 순신은 원체 뛰어난 인물이었기 때문에 오랫동안 묻혀 있을 수 없었읍니다. 얼마 뒤 나라에서는 그의 재능을 필요로 하게 되었읍니다. 그는 지휘 체제가 엉망이었던 전라 좌수사에 임명되었읍니다. 이 일에 가장 영향력을 끼친 사람 중의 하나가 어린 시절 한성 골목길에서 같이 놀던 친구 유 성룡이었읍니다. 그들은 친구로서의 관계를 지속했었고 당시 성룡은 중요한 관직에 올라 있었읍니다. 성룡은 순신이 얼마나 똑똑한 사람이고 나라와 임금을 위하는 마음이 얼마나 지극하며 얼마나 정직하고 곧은 사람인가 하는 것을 잘 알고 있었읍니다. 성룡은 전라도의 수군 기지를 맡아서 잘 꾸려나갈 사람은 바로 이 순신이라는 것을 알고 있었읍니다.

장군은 만약 어떤 나라가 조선을 침략한다면, 그 나라는 바다를 통해 침략해올 것이라고 판단했으며, 그렇다면 조선은 육군을 강력하게 유지하면서 수군의 힘을 증강시켜야 한다고 생각했읍니다. 또 그보다 훨씬 나중 시대에 살았으며 군대는 먹어야 진군한다고 말했던 나폴레옹과 같이, 장군은 군사들이 잘 먹는 것이 중요하다는 점을 알고 있었읍니다. 그래서 그는 자기 군사들을 잘 먹이기 위해 쌀과 그 밖의 다른 작물들을 재배하게 했읍니다.

상당한 기간 동안 전에 비해 평화를 누려오고 있던 때였기 때문에 당시에 대부분의 조선인들은 조정 관리들이나 군인들까지도 전쟁에 대한 생각은 하지 않고 있었읍니다. 그러나 장군은 나라를 훌륭히 지켜낼 수 있는 방법은 무엇인지 생각에 생각을 거듭하고 있었읍니다. 장군은 마침내 새로운 종류의 배를 만들 계획을 짜냈읍니다. 이 새로운 배는 완전히 새로운 철갑선이었읍니다. 그 때까지 배에 철갑을 씌운다는 것은 세계 어느 곳에서도 없던 일이었읍니다.

The Admiral drew up the plans for this wonderful new ship and the first one was completed in 1592. It was built with a dragon's head on its bow. In battle the enemy would be frightened by the smoke coming out of the dragon's mouth. Its armor protected it from the burning arrows that were such a danger to wooden ships, and there were sharp metal spikes sticking out all over the top so that enemy soldiers could not jump aboard. Since the new ship was broad and had a humped back, people called it the turtleship or, in Korean, "Kobukson."

At around this time, Hideyoshi, a very ambitious man had come into power in Japan. He wanted to make little Japan huge and rich. He decided to invade and occupy China. The easiest way for him to invade China was through Korea, but China and Korea had been allies for hundreds of years. Korea refused to betray its ally by helping Hideyoshi.

장군은 이 놀라운 새 배의 설계도를 그렸고 그 첫번째 배가 1592년에 완성되었읍니다. 뱃머리에는 용의 머리가 달려 있었는데 전투 도중 용의 입에서 뿜어져나오는 연기에 적들이 겁을 집어먹게끔 고안된 것이었읍니다. 철갑은, 나무로 만든 배에는 굉장한 위협이 되는 불화살을 막아주게 되어 있었고, 적군이 뛰어 오르지 못하도록 배의 윗부분에는 쇠꼬챙이가 촘촘히 박혀 있었읍니다. 이 새로운 배는 넓적한 모양에 불룩한 등을 가지고 있었으므로 사람들은 '거북선'이라고 이름을 붙였읍니다.

이즈음 일본에서는 야심에 가득찬 히데요시라는 사람이 권력을 잡았읍니다. 그는 조그마한 일본을 거대하고 부유한 나라로 만들고 싶어했읍니다. 그는 중국을 침략하여 점령하기로 결심했읍니다. 그가 중국을 침공하는 데 있어서 가장 쉬운 길은 조선을 통하는 길이었읍니다. 그러나 중국과 조선은 수백년 동안 동맹국의 관계에 있었으므로 조선은 히데요시를 도움으로써 동맹국을 배신하게 되는 것을 거절했읍니다.

Nothing could stop the Japanese leader from trying to carry out his invasion plans. He decided to conquer Korea first and then force his way through the country to the northern borders. He prepared a huge navy and thousands of foot soldiers to sail across the sea to Pusan. His soldiers landed and quickly conquered the city. What tragedy! Japan was well prepared and had even copied western warfare. Its soldiers fought with guns while Korean soldiers fought bravely, but they had only bows, arrows and spears.

The Japanese soldiers moved toward Seoul as fast as they could, burning and pillaging as they went. After only two weeks Seoul was occupied and the king, the queen and the court fled north. Hideyoshi was pleased. He thought he would soon be moving just as fast through China, but a surprise was coming his way. The Korean people were not willing to let their homeland fall to the enemy so easily. They formed guerilla bands to harrass the Japanese troops. At the same time Admiral Yi was preparing to attack the Japanese supply lines.

그 어느 것도 일본의 지배자가 침략 계획을 수행코자 하는 것을 막을 수는 없었읍니다. 그는 먼저 조선을 정복한 뒤 조선반도를 통하여 북쪽 국경으로 진군하기로 결정했읍니다. 그는 거대한 규모의 수군과 수천명의 보병으로 하여금 바다를 건너 부산으로 향하게 했읍니다. 그의 군대는 상륙하자마자 순식간에 부산을 점령해 버렸읍니다. 이 무슨 비극입니까! 일본은 준비가 잘 되어 있었으며 서양식 총을 모방해 총까지 가지고 있어, 그들의 군대는 총으로 싸우는데 조선의 군대는 용감히 맞서 싸웠으나 활과 화살, 창 밖에는 가지고 있지 않았읍니다.

왜적은 지나는 곳마다 불을 지르고 약탈을 일삼으며 아주 빠른 속도로 한성을 향해 진군했읍니다. 불과 2주일만에 한성이 점령되었고 임금님과 왕비, 그리고 신하들은 북쪽으로 피난을 갔읍니다. 히데요시는 흡족해 했읍니다. 그는 중국 역시 이처럼 빠른 속도로 집어삼키리라 생각했읍니다. 그러나 놀라운 일이 일어나 그의 길을 막고 있었읍니다. 조선 백성들이 그처럼 쉽게 자기들의 땅을 적에게 내주려 하지 않았던 것입니다. 그들은 의병을 조직해서 왜적에 저항했읍니다. 동시에 이순신 장군은 일본의 보급선을 공격할 준비를 하고 있었읍니다.

In May of 1592 he led his small fleet toward that part of the Japanese fleet already in Korean waters. The men from these ships had been landing, burning, pillaging and stealing wherever they pleased on the south coast and coastal islands. There had been no Korean naval force to fight them off.

The Admiral found a fleet of fifty-one Japanese ships in the harbor at Okpo on Koje-do. He ordered an attack, but warned his officers to act cautiously. He told them. "Refrain from rash and thoughtless action. Move as calmly and prudently as a mountain!" Then the Korean battleships attacked. The Korean forces won a tremendous victory. Twenty six of the enemy ships were destroyed and many of the enemy killed.

Admiral Yi sailed to Yosu to repair damaged ships and work out strategies to prepare for battle with the main enemy force. Now for the first time the famous turtleships joined the fleet. The Admiral sailed to the Bay of Sachon and found twelve huge Japanese vessels anchored in the bay and a strong force of Japanese soldiers on land.

18

　1592년 5월 장군은 조선 해역에 들어와있는 일부 왜적 함대를 향해 소규모의 함대를 이끌고 갔습니다. 그 배의 왜적들은 남해안과 해안 가까운 곳의 섬 어느 곳이든 내키는대로 상륙하여 불을 지르고 노략질을 하고 도둑질을 했읍니다. 그곳에는 그들과 싸워 격퇴시킬 조선 해군은 그림자도 볼 수 없었읍니다.

　장군은 일본 배 51척이 거제도의 옥포만에 있는 것을 발견했읍니다. 장군은 공격을 명령했읍니다. 그러나 부하 장수들에게 조심스레 행동하라고 주의를 주었읍니다. 장군은 그들에게 말했읍니다. "무모하고 무분별한 행동을 삼가하라. 산처럼 조용하고 신중하게 움직이라!" 조선 전함들이 공격을 시작했읍니다. 조선군은 엄청난 승리를 거두었읍니다. 적의 배 26척이 파괴되었고 숱한 왜적이 죽었읍니다.

　이 순신 장군은 망가진 배를 수리하고, 적의 주력 함대와의 전투에 대비한 전략을 짜기 위하여 여수로 갔읍니다. 이때 처음으로 그 유명한 거북선이 함대에 합류했읍니다. 장군은 사천만으로 함대를 이끌고 갔다가 12척의 거대한 일본 함정이 닻을 내리고 있

He decided to pretend to retreat so that the Japanese ships would come out of the harbor. Then the Korean fleet would turn and fight.

The strategy worked! The Japanese ships came racing out of the harbor. Then the Korean ships turned. At just that moment the tide turned so that the completely unexpected attack was helped by nature. Every single one of the enemy ships was destroyed! It was a great victory. Nobody knew that a bullet had gone into the Admiral's shoulder during the battle. He had kept it a secret so his men would not lose courage. Again and again during the following months the Admiral demonstrated his great talent, his bravery and expert leadership by defeating the Japanese naval forces at every turn.

20

는 광경과 육지에는 강력한 일본 군대가 있는 것을 발견했읍니다. 장군은 일본 함정들을 만 밖으로 끌어내기 위해 도망가는 체 하기로 했읍니다. 그리고나서 조선 함대가 휙 돌아서 맞붙는 것입니다.

전략은 맞아 떨어졌읍니다! 일본 함정들은 서둘러서 만을 빠져나왔읍니다. 그때 조선 함정들이 뱃머리를 돌렸읍니다. 바로 그때 물결의 방향이 바뀌어 전혀 예상을 뒤엎은 공격은 자연의 도움을 입게된 것입니다. 적선은 한 척도 남김없이 파괴되었읍니다! 그것은 대대적인 승리였읍니다. 전투중에 장군의 어깨에 총알이 박혔다는 사실을 안 사람은 아무도 없었읍니다. 장군은 부하들이 용기를 잃지 않게 하기 위해 그 사실을 입밖에 내지 않았던 것입니다. 그 뒤 몇 달에 걸쳐 장군은 일본 해군을 연속적으로 대패시킴으로써 장군의 위대한 재능과 용기와 빼어난 지도력은 세상에 널리 알려지게 되었읍니다.

In July, he sailed to the port of Angolpo where he found forty-two Japanese ships in the harbor. Twenty-one of them were very large; and one of them, the flagship, had a three story pavilion on it. Again the Admiral's tactics defeated the Japanese. Adm. Won Kyun was ordered to destroy the few ships that were left. Unfortunately, he did not do his job well and the remaining Japanese ships escaped during the night. This victory was the turning point in the war at sea. The Japanese plans for controlling Korea by using a strong navy to transport and supply a strong land force were foiled. Historians consider this one of the greatest sea battles in history. It slowed down the Japanese and cut their supply lines. This gave China time to send reinforcements to help Korea with the fight on land.

　7월에 장군은 42척의 일본 함정이 정박하고 있는 안골포로 함대를 몰고 갔읍니다. 그 중 21척은 매우 컸으며, 한 척은 기함으로 배 위에 3층의 누각이 있었읍니다. 또 다시 장군의 전략이 왜적을 무찔렀읍니다. 원 균 장군은 남아있는 몇 척 안 되는 왜적의 전함을 무찌르라는 명령을 받았읍니다. 불행히도 원장군은 이 명령을 제대로 수행치 못해 남은 왜적의 전함들은 밤을 타서 도망쳐 버렸읍니다. 이 승리는 해전에서 전환점이 되었읍니다. 강력한 수군을 가지고 육군을 수송하고 보급을 해주어 조선을 속아귀에 넣으려던 일본의 계획은 수포로 돌아갔읍니다. 역사가들은 이 해전을 역사상 가장 위대한 해전 중의 하나라고 평가하고 있읍니다. 이 해전으로 말미암아 왜적은 기세가 꺾였고 그들의 보급선은 끊어졌읍니다. 이 해전은 또 중국이 조선에서의 지상 전투에 증원군을 보낼 시간을 벌게 해주었읍니다.

The Admiral attacked a Japanese fleet in Pusan, and destroyed a large part of it. In the north, the Chinese attacked and the Japanese had to retreat southward. There was a long lull in the war. Adm. Yi moved his headquarters to Hansan-do, and supervised the production of food for his men who also caught fish, and even produced guns.

But once more, the greedy and the jealous at court and in the military spread false reports about Admiral Yi. Once more the man who had so gloriously defended his country; the man who had won many battles and invented the turtleship was accused of betraying Korea. King Son-jo ordered him arrested and brought to Seoul for trial. The King planned to sentence the Admiral to death! Fortunately he was persuaded not to. Instead, once more the Admiral was demoted to common soldier and once more he took up his duties in that lowly position without complaint or bitterness.

장군은 부산에 와있는 왜적 함대를 공격하여 함대의 대부분을 격파했습니다. 북쪽에서는 중국이 공격을 했고 일본은 남쪽으로 후퇴하지 않을 수 없었습니다. 오랫 동안의 소강상태가 있었습니다. 이 순신 장군은 본부를 한산도로 옮겨 부하들이 식량을 생산하도록 했으며 장군의 부하들은 또 고기도 잡고 심지어는 총을 만들기도 했습니다.

그러나 다시 한 번 조정과 군대 내부의 탐욕스럽고 질투심이 많은 사람들은 이 순신 장군을 모함하였습니다. 조국을 그렇게도 영광스럽게 수호했고, 수많은 전투에서 승리를 거두었으며, 거북선을 발명한 장군은 또 다시 국가를 배반했다는 혐의를 받게 된 것입니다. 선조 대왕께서는 장군을 체포해서 한성으로 압송하여 재판을 받게 하라고 명령을 내렸습니다. 임금님은 장군에게 사형 선고를 내릴 작정이었습니다! 다행히도 임금님은 설득을 받아 사형선고는 내려지지 않았습니다. 그 대신 장군은 또 다시 사병으로 강등되었고 그처럼 낮은 자리에서 불평 불만 없이 임무를 수행했습니다.

Adm. Won Kyun, who was responsible for many of the false stories about Admiral Yi, replaced him. Adm. Won did not maintain discipline, did not take care of his men nor did he give thought to defending his nation against future attacks. Toward the end of 1597 Adm. Won was tricked into attempting to attack a Japanese fleet at Pusan. This time the fleet was truly huge, about 1,000 vessels. Not only that, but the weather turned bad. The Koreans suffered a crushing defeat and many of its military leaders including Adm. Won died in the battle.

The court and the king knew that there was only one person in all of Korea who could possibly rescue the nation from this terrible defeat. The king wrote to Yi Sun-shin, the former Admiral:

> "To my great regret, however, due to lack of wisdom I replaced you with another person and degraded you to the ranks by ordering you to render service as a common soldier. Today I have heard the sad news of our humiliating defeat. I can find no words to repent for wronging you. It is my sincere wish that you respond to my call for your service with renewed patriotism. I beseech you to save our country."

The Admiral of course answered the call of his king, but still there was a terrible problem. Almost the whole navy had been destroyed; it now consisted of only twelve ships. The king was advised to abolish the navy. But the Admiral insisted that only the navy could prevent the Japanese from conquering the country. He said that even if he had only twelve ships, he would hold the Japanese back. The navy was not abolished.

Yi Sun-shin took command of his tiny fleet and held the line against a few rather small Japanese attacks. The big problem would come when a larger Japanese fleet attacked. The Admiral began to plan for that day. He searched for a port with strategic advantages and found such a place at Byokpajin not far from Oranpo. The entrance to this harbor was called the Strait of Myong-yang.

It is very, very narrow and has very strong currents. Not only are the currents strong but they are strange. Currents at harbor entrances usually change direction with the tide about every six hours but here they change direction about every two hours. When a ship's only power comes from either sails or men rowing, a current of around ten miles an hour is difficult to deal with. If it changes

이 순신 장군에 대해 갖은 모함을 한 원 균 장군이 이 순신의 자리에 앉았읍니다. 원 장군은 훈련을 시키지도 않았고 부하들을 돌보지도 않았으며 미래에 있을 외적의 침공으로부터 나라를 지키는 문제를 생각하지도 않았읍니다. 1597년 말 원장군은 적의 계략에 빠져 부산에서 왜적 함대를 공격하게 되었읍니다. 이번의 왜적 함대는 천여 척에 달하는 굉장한 규모였읍니다. 그뿐만 아니라 날씨마저 나빴읍니다. 조선군은 참담하게 패배했으며 원 균 장군을 비롯한 군사 지휘관들 여러 명이 이 전투에서 전사했읍니다.

조정과 임금님은 이 참혹스런 패배로부터 국가를 구할 인물은 조선 전체에 단 한 사람밖에 없음을 알게 되었읍니다. 임금님은 전직 장군인 이 순신에게 친서를 보냈읍니다.

"대단히 유감스럽게도 짐이 지혜가 부족하여 장군의 자리에 다른 사람을 앉혔고 장군을 일개 병사로 복무하게 함으로써 장군의 지위를 떨어뜨렸소. 오늘 짐은 우리가 치욕스런 패배를 당했다는 슬픈 소식에 접하였소. 짐이 장군을 부당하게 대우한 데 대한 유감의 말을 찾을 길이 없소. 새롭게 나라를 사랑하는 마음으로 나라에 봉사해 주기를 바라는 짐의 부름에 응해주기를 간절히 원하오. 부디 이 나라를 구해주기를 간청하는 바이오."

장군은 물론 임금님의 부름에 응했읍니다. 그러나 심각한 문제가 있었읍니다. 수군의 거의 전부가 섬멸되고 단 12척의 함정만 남아있었읍니다. 수군을 없애자는 의견이 임금님께 올려졌읍니다. 그러나 장군은 오로지 수군만이 일본이 이 나라를 점령하는 것을 막을 수 있다고 주장했읍니다. 장군은 비록 12척의 함정 밖에는 가지고 있지 않으나 왜적을 무찔러 보이겠다고 말했읍니다. 수군은 없어지지 않았읍니다.

이 순신 장군은 작은 함대를 지휘하여 몇 차례의 소규모 왜적의 공격에 맞섰읍니다. 왜적 함대가 대규모로 공격해 온다면 문제는 심각해질 것이었읍니다. 그 날에 대비해 장군은 계획을 짜기 시작했읍니다. 장군은 전략적 이점이 있는 항구를 찾다가 어란포에서 그리 멀지 않은 곳에 있는 벽파진이란 곳을 발견했읍니다. 이 만의 입구는 명량 해협이라 불리는 곳이었읍니다.

그곳은 폭이 굉장히 좁았으며 매우 강한 조수가 흐르고 있었읍니다. 물살이 거셀 뿐만 아니라 이상하게 흐르는 곳이었읍니다. 만 입구의 조수는 대개 약 6시간마다 방향을 바꾸는데 이곳의 조수는 약 2시간마다 방향을 바꾸는 것입니다. 배가 돛의 힘 또는 사람이 젓는 노의 힘만으로 움직일 경우 시속 약 10마일의 물살은 감당하기 어려운 것입니다. 물살의 방향이 자주 바뀐다면 문제는 더욱 심각해 집니다. 왜적은 이 이상한 조수에 관해 아는 바가 없었읍니다. 133척의 왜적 함대가 12척의 조선 함정들을 향하여 어란포를 출발했읍니다. 이 순신은 부하들에게 목숨을 돌보지 말고 끝까지 싸우라고 당

direction frequently, the problem is tremendous. The Japanese knew nothing of these strange currents. A fleet of 133 Japanese ships sailed from Oranpo toward the twelve Korean ships. Yi Sun-shin told his men never to try to save their own lives but to fight to the finish. He himself had led every recent defense of his homeland in his own flagship and he would be the first in the line of attack this time. It took unbelievable courage for a commander with only twelve ships to attack a fleet of 133.

The Japanese forces sailed toward the harbor on a favorable tide while the Korean fleet waited out at sea. Then the Korean fleet followed and attacked the enemy in the narrow strait. The Korean ships concentrated their fire on the bigger ships and the Japanese fired back. For a moment the Koreans faltered as they faced such overwhelming strength. The Admiral ordered his forces to fire and fire again. The enemy fleet tried to escape but the tide had turned

부했읍니다. 그는 직접 자기의 기함을 타고 나라를 지키기 위한 최근의 전투를 모두 지
휘해왔는데, 이번에도 맨앞장을 서려는 것입니다. 사령관으로서 12척의 함정으로 133
척의 함대를 공격한다는 것은 참으로 대단한 용기가 필요한 것입니다.

왜적 함대가 유리한 조수를 타고 만을 향해 항해하고 있을 때 조선 함정들은 바다 바
깥쪽에서 기다리고 있었읍니다. 그러다가 조선 함정들은 뒤를 쫓아가 좁은 해협에서 적
에게 공격을 퍼부었읍니다. 조선 함정들은 커다란 함정들에 포화를 집중시켰고 왜적도
맞받아 포격을 했읍니다. 조선 함정들은 왜적의 압도적인 화력에 잠시 멈칫했읍니다.
장군은 군사들에게 멈추지 말고 포격을 가하라고 명령을 내렸읍니다. 적 함대가 도망
치려 했으나 물살이 새로운 방향으로 바뀌어 있었읍니다. 그와 동시에 왜적은 또다른
어려움에 직면했읍니다. 장군이 해협을 가로질러 물밑으로 쇠사슬을 쳐놓았기 때문에

to a new direction! At the same time the Japanese faced another difficulty. The Admiral had had a chain stretched underwater across the strait, so that when the Japanese ships tried to sail through the strait, they capsized. It was truly a miracle! A fleet of only twelve ships, the remains of a defeated navy, defeated a fleet of 133 ships. Some say there has never been a greater naval victory in all the world.

The Japanese decided that they would have to leave Korea. The Chinese help on land and Yi Sun-shin's victories at sea made it impossible for them to go through Korea to invade China. They gathered their naval forces from all up and down the Korean coast to return to Japan.

왜적 함정들이 해협을 통과하려 하자 그대로 전복되어 버렸던 것입니다. 그것은 정말 기적이었읍니다! 참패를 당하고 남아있던 겨우 12척의 함대로 133척의 함대를 무찔러 버린 것입니다. 세계를 통틀어 보아도 이보다 더 위대한 해전의 승리는 없었다고들 이 야기 하고 있읍니다.

　왜적은 조선에서 떠나야겠다고 마음먹었읍니다. 육지에서의 중국의 도움과 바다에서의 이 순신의 승리로 왜적이 조선을 거쳐 중국을 침공한다는 것은 불가능해진 것입니다. 그들은 일본으로 돌아가기 위해 전 조선 해안으로부터 수군을 한 군데로 집결시켰읍니다.

At two o'clock in the morning on November 19, 1598, the Korean navy attacked the Japanese armada which was anchored in the Strait of Noryang near Namhae Island. This time there were Chinese war ships fighting beside the Koreans. At one point Yi Sun-shin had to rescue a Chinese admiral who was being attacked from all sides by the Japanese. The Japanese ships then turned and surrounded Adm. Yi's ship. The Chinese admiral came to his rescue. Adm. Yi beat the war drum himself to encourage his men to fight bravely. The remaining Japanese ships tried to flee. The Admiral ordered his fleet to pursue them.

1598년 11월 19일 새벽 2시 조선 수군은 남해도 근처 노량 해협에 닻을 내리고 있던 왜적 함대를 공격했읍니다. 이번에는 조선 수군들과 나란히 중국의 전함들이 싸우고 있었읍니다. 전투 도중 이 순신은 왜적으로부터 사방에서 공격을 받고 있는 한 중국 장군을 구출하려 했읍니다. 그러자 왜적 함정들은 방향을 바꾸어 이 순신 장군의 배를 포위했읍니다. 중국 장군이 이 장군을 구하기 위해 다가왔읍니다. 이 순신 장군은 부하들이 용감히 싸우도록 손수 북을 쳤읍니다. 남아있던 왜적 함정들은 도망가려 했읍니다. 장군은 함대에게 추격 명령을 내렸읍니다.

Just after giving this order, the Admiral was hit by a stray bullet. He fell to the deck of his flagship. Fortunately only three people were with him at the time. He told them to keep it secret that he had been shot. He knew that his men would lose courage if they knew their Admiral was dying. His son Yi Hoe was with him and he followed his father's instructions. Yi Hoe led the fleet to its final victory. No one knew then that the Admiral had been shot and had died on the deck of his ship at the head of his fleet. Admiral Yi Sun-shin's last great naval battle, and his life ended on the same day.

명령을 내린 직후 장군은 유탄에 맞았읍니다. 장군이 기함의 갑판 위에 쓰러졌읍니다. 다행스럽게도 그 순간 장군과 함께 있었던 사람은 3명 밖에 안되었읍니다. 장군은 그들에게 자신이 총탄에 맞은 사실을 비밀에 붙이라고 말했읍니다. 장군은 자신이 죽어가고 있다는 것을 군사들이 알게 되면 사기가 떨어질 것을 염려했던 것입니다. 장군의 아들 이 회가 장군과 함께 있었는데, 그는 아버지의 지시에 따랐읍니다. 이 회가 함대를 이끌어 마지막 승리를 쟁취했읍니다. 장군이 총탄에 맞아 함대 맨앞의 배 위 갑판에서 숨졌다는 것을 그 때는 아무도 알지 못했읍니다. 이 순신 장군의 마지막 위대한 해전과 그의 일생은 같은 날 막을 내렸읍니다.

A Word to Parents:

Few men in Korean history better deserve the description 'an officer and a gentleman' than Yi, Sun-shin. To top it off, he was also a brilliant man who could organize and plan with outstanding acumen, lead men and command the respect of the men who followed him as few in Korean history have been able to do. He was a great thinker, an innovator and like every gentleman of his time, he was a poet.

It is perhaps difficult for the modern young person, regardless of the culture from which he comes, to understand Adm. Yi's blind loyalty to his king in the face of injustice which would seem beyond the human endurance of any sensible human being. When we read of the humility with which he accepted his demotions, we must keep in mind the philosophy of his time.

Confucianism was the doctrine which predominated during the Yi Dynasty, and Confucianism required the absolute loyalty and obedience of every man to his king and to his father. Although China was the source of this code of behavior, it is said that Korea far outdid that country in its observance of its tenets. In his time, Adm. Yi's behavior was outstandingly correct. There were no courts of justice to which to appeal unfair judgements and complaining or in anyway indicating that the king's 'justice' could be anything but perfectly corrrect was unthinkable.

Regardless of the unfairness with which he was treated, the Admiral was himself known for his fairness in dealing with the people who worked for him. The planning he did to maintain his men and keep them gainfully occupied at all times was truly innovative. In fact seldom has a military organization produced its own food and much of its own ordnance at little cost to its government as Yi, Sunshin's men did under his direction.

One of the marvels of the Yi, Sun-shin story was his ability to bounce back, take over again, and do whatever was necessary to get things under control. This is a wonder on top, of course, of his uncanny ability to develop the things that would not be developed elsewhere for many a long year. His naval strategies preceded the British Adm. Nelson's use of similar strategies by many years as did his invention of the metal sheathed man-of-war.

When we think of these accomplishments and then add to them his ability to lead, his ability to organize and plan, regardless of whom we compare the Admiral with, we must concede that he is until now among the world's very greatest.

By Gertrude K. Ferrar

Gertrude K. Ferrar

Ms. Ferrar was born in New York City in 1919 and attended Hunter College and Columbia University in that city. She taught English at Monmouth College in the U.S. and since 1963 in Korea. She has published several books, i.e. *The Tiger and the Persimmon* and *Mr. Hong and the Dragon,* of Korean folk tales and wrote the introductory sections—geology, flora, fauna—for two well known Korea guidebooks, APA's and Fodor's.

Korean Folk Tales Series

1. Two Kins' Pumpkins (흥부 놀부)
2. A Father's Pride and Joy (심청전)
3. Kongjui and Patjui (콩쥐 팥쥐)
4. Harelip (토끼전)
5. The Magpie Bridge (견우 직녀)
6. All for the Family Name (장화 홍련)
7. The People's Fight (홍길동전)
8. The Woodcutter and the Fairy (선녀와 나무꾼)
9. The Tiger and the Persimmon (호랑이와 곶감)
10. The Sun and the Moon (햇님 달님)
11. The Goblins and the Golden Clubs (도깨비 방망이)
12. The Man Who Became an Ox (소가 된 젊은이)
13. Tree Boy (나무도령)
14. The Spring of Youth / Three-Year Hill
    (젊어지는 샘물/3년 고개)
15. The Grateful Tiger / The Frog Who Wouldn't Listen
    (은혜 갚은 호랑이/청개구리의 울음)
16. The Golden Axe / Two Grateful Magpies
    (금도끼 은도끼/은혜 갚은 까치)
17. The Story of Kim Son-dal (봉이 김선달)
18. Osong and Hanum (오성과 한음)
19. Admiral Yi Sun-shin (이순신 장군)
20. King Sejong (세종대왕)